L’oscurità dell’Angelo

Federica Caccamo - Dafne Di Silvestro

Marino Editore

*Questo racconto appartiene alla Prima Edizione della Collana **"L'Italia che vorrei"**, concorso bandito dalla casa editrice **MarinoEditore.***
Il tema del concorso nasce dalla controversa situazione che stiamo vivendo nel nostro paese, e più in generale in tutta Europa, ai giorni nostri. Giorni difficili da vivere ed interpretare. Così, attraverso gli elaborati dei nostri ragazzi, vogliamo approfondire l'analisi del contesto sociale e culturale in cui tutto ciò sta accadendo. Perché abbiamo coinvolto soltanto i giovani? Per due motivi: prima di tutto, la loro giovane età gli permette di custodire ancora intatti, o quasi, gli ideali ed i valori più alti della nostra società; in secondo luogo hanno una visione del futuro più ottimistica e ricca di progetti e speranze, peculiarità queste indispensabili per la costruzione di un mondo migliore.
In definitiva non abbiamo fatto altro che realizzare quello che tanti nel nostro tempo auspicano a gran voce per poi sistematicamente dimenticare: dare voce ai giovani.
A te, che hai deciso di gustare la fantasia, la creatività ed i desideri dei nostri ragazzi, auguriamo...Buona lettura!
La versione cartacea è disponibile sul nostro sito e su Amazon.it.!

www.marinoeditore.it

L'Oscurità dell'Angelo
Federica Caccamo - Dafne Di Silvestro

ISBN - 978-88-32071-17-7

I edizione dicembre 2018

MarieBelle

No, decisamente non era la mia giornata. Mi svegliai tardi, e mentre facevo colazione mi resi conto che avevo a disposizione solo dieci minuti per arrivare a scuola in tempo. Alzandomi dalla sedia, inciampai nel mio zaino e rovesciai il latte sulla maglietta, imprecando, buttai la tazza nel lavandino. Sfrecciai in camera mia, afferrai la prima maglietta pulita che trovai e tornai in cucina per prendere lo zaino. Mancavano solo sette minuti e sarei arrivata ufficialmente in ritardo. Uscii di corsa sbattendomi dietro il portone di casa, mi fermai e controllai le tasche. «Cavolo, le chiavi!». Andai alla fermata dell'autobus, ma quando arrivai era già partito - ci mancava anche questo. Cominciai a correre; dovevo assolutamente salire su quell'autobus. Gridai in modo che l'autista mi sentisse correndo a perdi fiato. A un certo punto finalmente l'autista si accorse di me e si fermò. Guardai l'orologio, rimanevano cinque minuti al suono della campanella; salii sull'autobus e rimasi in piedi, ero troppo nervosa per sedermi, o ascoltare un po' di musica come avrei fatto di solito. Meno due minuti... finalmente l'autista si fermò davanti al cancello della scuola.

Scesi dall'autobus, varcai il cancello andando verso dove si trovavano le aule. L'edificio era di un grigio tristissimo, scrostato in vari punti dal tempo. Le finestre non permettevano alcuna visuale ed erano sbarrate dall'esterno. Gli alunni sembravano dimenticati dietro quelle sbarre, chiusi in quelle quattro mura per l'intera giornata.

Arrivai davanti alla porta, speravo di non incontrare la vicepreside perché altrimenti sarei finita nei guai. Sbirciai da dietro una porta, nessuno in vista, corsi verso l'armadietto, presi il libro e il quaderno di economia e corsi in classe. Ovviamente la porta era già chiusa, così bussai ed entrai. «Buongiorno prof, scusi il ritardo, posso entrare?».

«Vada a sedersi signorina Silver, sta interrompendo la lezione... e la prossima volta voglio la firma dei suoi genitori. E questo vale per tutti!».

Detto ciò mi mandò al posto, con la coda dell'occhio intravidi la chioma ramata della mia gemella e gli sguardi dei miei compagni puntati su di me, arrossì e mi sedetti. Odiavo quella materia e trovavo sempre difficile stare attenta quando la professoressa parlava, col suo metro e ottanta di altezza metteva un po' di soggezione, e lei questo lo sapeva bene infatti adorava guardare le persone dall'alto in basso e con uno sguardo di indifferenza e superiorità, quel giorno era vestita peggio del solito, sembrava un arcobaleno in carne ed ossa, per non parlare delle scarpe poi ... da brivido. L'ora passò molto lentamente e come sempre nessuno seguiva la lezione, cercai di concentrarmi, ma proprio non ci riuscivo. Dopo dieci minuti, rinunciai del tutto, e senza farmi notare dalla prof, osservai i miei compagni per vedere se qualcuno avesse almeno preso appunti, alcuni stavano giocando col telefono, altri parlavano e qualcuno persino dormiva, a quanto pare nessuno mi avrebbe prestato gli appunti. Finalmente la campanella suonò. Mi alzai dal banco, presi il libro e il quaderno e andai da mia sorella. «Kaalisi possiamo parlare?» le domandai mentre lei si alzava per andare in un'altra aula. Lei mi guardò alzando un sopracciglio, non rispose e continuò a camminare. «Perché non mi hai svegliata stamattina!?» la rimproverai seguendola ad un passo di distanza. Lei si fermò, e mi guardò negli occhi per poi sfoderarmi un sorriso: «Miss Perfettina ha bisogno di aiuto? Te la caverai benissimo da sola e comunque non sono la tua sveglia» disse apostrofandomi e se ne andò a lezione. Rimasi inebetita, battei un paio di volte le palpebre e pestai un piede per terra, frustrata, desiderando che questa giornata fosse presto giunta al termine. Andai in classe e presi posto accanto alla mia amica Cassandra, aspettando l'arrivo del professore. La porta si spalancò ed entrò il professore Grey. «Signorina Silver, il preside l'ha convocata in presidenza». Mentre mi alzavo guardai Cassandra, confusa quanto me, camminai a passo svelto fino ad arrivare in presidenza, bussai ed entrai. «Preside, voleva vedermi?» dissi mentre entravo nell'ufficio. Il preside era seduto dietro la cattedra e in una delle due sedie di fronte c'era Kaalisi che mi guardava annoiata. La fulminai con lo sguardo e mi sedetti accanto a lei. «Preside, qualsiasi cosa abbia fatto mia sorella, io non ne sono responsabile». A quel punto il preside ci rivolse un sorriso tirato. «Sua sorella stavolta non c'entra» disse, ma dal tono di voce uscì una nota afflitta. «Davvero?!» rispondemmo all'unisono meravigliate. «Si» poi calò il silenzio. Dopo pochi ma interminabili attimi, con voce tremante, come se gli venisse difficile parlare, ci disse che i nostri genitori erano stati coinvolti in un incidente automobilistico.

Kaalisi

Al suono dell'ultima ora, io e Belle ci incamminammo verso casa. Tra noi regnava il silenzio, forse perché troppi pensieri tormentavano la nostra mente. Arrivati davanti al portone di casa tirai fuori le chiavi, corsi in camera mia sbattendomi dietro la porta. Restai lì per l'intero pomeriggio, mi sentivo un animale in trappola. Urlai stringendo forte il cuscino per poi scattare, afferrai il computer, che era finito per terra nel mio raptus di collera. Digitai *"incidenti stradali avvenuti oggi sulla Statale"*. Scorrendo tra le varie notizie mi colpì un'immagine: la macchina dei miei genitori con un'ammaccatura evidente sul davanti e gli sportelli spalancati, o meglio, ciò che ne restava e i segni di una frenata improvvisa sull'asfalto, mi soffermai nel dettaglio osservando il punto di impatto come se qualcosa si fosse messo davanti bloccando il passaggio. Uscì per prendere aria. Cominciai a camminare finché arrivai ai piedi di un piccolo boschetto. Poi guardai l'insegna scritta in bianco con uno sfondo di luci a led di color rosso: "Il Morso", pensai che fosse uno di quei locali a tema dove tutti si vestivano in modo strano. Andai al bancone e ordinai un drink, poco dopo sentì dei leggeri colpetti sulla spalla mi girai e vidi un ragazzo belloccio con i capelli scuri e un sorriso malizioso. «Ciao Bambolina, ti ho vista tutta sola a bere e ho pensato di venire a chiederti di ballare». Lo guardai dalla testa ai piedi, storsi il naso sentendo l'odore dell'alcol, puzzava come una distilleria abusiva. «Non sono interessata» e mi voltai di nuovo ignorandolo, mi afferrò per un braccio e mi strattonò costringendomi a voltarmi, gli rivolsi un'occhiataccia. «Lasciami» dissi arrabbiata buttandogli il drink in faccia, mi alzai e lo spinsi facendolo indietreggiare di qualche passo. Uscii dal locale, mentre camminavo mi sentì osservata, mi girai e guardai dietro di me cercando con lo sguardo tra le ombre degli alberi, poi sentì dietro di me un rametto spezzarsi, mi girai e vidi il ragazzo del bar fermo come una statua che mi guardava con un ghigno. «Bene, bene. Rieccoti qui Bambolina... sai non mi sono divertito per niente prima» dichiarò cominciando ad avvicinarsi con una camminata predatoria... «anzi, mi hai fatto arrabbiare». Indietreggiai, col cuore a mille e il respiro affannato dalla paura. Si leccò le labbra e scomparve. Con lo sguardo frenetico, mi girai osservando ogni ombra. Poi braccia poderose mi circondarono così forte da bloccarmi il respiro. Sentì scostarmi i capelli dal collo e sfiorarlo col naso: «Hai un profumo molto dolce, non l'ho mai sentito, mi fa venire voglia di divorarti» poi lo sentì passare la lingua sul battito pulsante del mio cuore rabbrividendo per l'eccitazione. Dal sentiero spuntò il ragazzo più bello che avessi mai visto, alto quasi uno e ottanta circa, fisico atletico e muscoloso, capelli così biondi da sembrare bianchi e un viso da favola, incorniciato da degli occhi nocciola intenso. Lo pregai di aiutarmi in silenzio, mi ignorò. «Tu devi essere Thomas» chiese. Da dietro di me sentì il mio assalitore irrigidirsi ancora di più, il ragazzo prese quella reazione come un gesto di assenso: «Sei veramente patetico. Sei la vergogna della nostra razza». Da quel momento non capì più niente, il Tizio del locale incominciò a correre, trascinandomi con sé, così veloce da non riuscire a distinguere ciò che mi circondava, ci fermammo in una radura illuminata della luna. «Sono in trappola» lo sentì borbottare poi il suo sguardo si posò su di me. «Non importa se stasera morirò, ma di sicuro tu verrai con me» poi i suoi occhi cambiarono, diventando rossi come due braci ardenti, i suoi canini crebbero fini ad affilarsi come due rasoi, poi come un fulmine si avventò su di me, urlai sentendo le gambe cedermi. All'improvviso il Tizio mi venne strappato di dosso e cominciò uno scontrò con l'altro ragazzo, ma con un colpo potentissimo mando l'avversario quasi dall'altra parte della radura finendo per sbattere contro un albero.

Subito Thomas mi si parò davanti. «Ancora, ne voglio ancora. Ne ho bisogno» disse farfugliando. Cercai di indietreggiare. «NO, LASCIAMI STARE, NON TOCCARMI MOSTRO».

Misi davanti una mano nel suo petto per spingerlo via, un calore si sprigionò partendo dal braccio fino ad arrivare al palmo della mia mano, creando fiamme di un color arancione-blu, che lambirono fino a ricoprire l'intero addome, urlò allontanandosi. Mi sentii debole, senza forze per la perdita di sangue, intanto mi accasciavo sul terreno freddo chiusi gli occhi. Quando mi svegliai, mi accorsi che mi trovavo all'interno di un'auto, mi alzai lentamente e mi ritrovai a fissare due occhi nocciola. «Ti sei svegliata finalmente, mi stavo preoccupando» disse con un sorriso. Confusa mi guardai attorno, eravamo nel parcheggio del locale, poi ricordai. «Tu! Quel tizio. Cos'era? Chi diavolo era?» cercai in tutti i modi di allontanarmi da lui. «Sta calma, mi chiamo Lian mi dispiace che quel tizio ti abbia assalito avrei dovuto catturarlo quando stava uscendo dal bar, ma l'ho perso di vista» disse allungando una mano. «NON. TOCCARMI. Cosa sei?». Mi guardò attentamente negli occhi, e sospirò rassegnato. «Ancora non l'hai capito? Sono un vampiro. E tu cosa sei?».

MarieBelle

Kaalisi non era ancora rientrata, preoccupata cercai il telefono e la chiamai, sentì il suo cellulare squillare in camera sua, pensai che lo avesse dimenticato, stava veramente male, presi un bicchiere d' acqua, e ripresi il telefono per chiamare la polizia, ma sentì un rumore di chiavi provenire dalla toppa del portone. Lasciai andare subito il telefono e aprii la porta, trovandomi davanti Kaalisi insieme a un ragazzo. «Ehi!» disse mia sorella con un sorriso tremolante. «Che stai facendo?».

«Stavo aprendo la porta per entrare no?». «La porta era già aperta Kaali». Per tutta risposta imprecò sottovoce, mentre il ragazzo dietro di lei sogghignava. «Piacere io sono Lian Black» si presentò ed entrò in casa, Kaali alzò le spalle, mentre chiudevo la porta. Ci dirigemmo in salotto e vidi Lian già seduto comodamente sul divano, restammo in piedi davanti a lui. «Kaali, non voglio sembrarti la mamma, vorrei solo sapere perché sei scappata e anche sapere chi cavolo è questo ragazzo?» indicandolo. Kaali aprì la bocca per rispondere, ma l'anticipai dicendole: «E prima che lo dici, l'ho capito che si chiama Lian» e richiuse la bocca. «Ehm diciamo che mi ha salvato la vita e adesso sono in debito con lui» disse sedendosi sul divano, il più lontano possibile da Lian. «Ti ha salvato la vita!?» la guardai sconcertata... Iniziò a raccontarmi quello che era accaduto. «E lo hai portato a casa?!». «Veramente sono io che ho portato a casa lei» rispose con tono pacato, mentre sfogliava annoiato una rivista che aveva trovato sopra il tavolino. Indispettita gliela strappai di mano. «Chi diavolo ti credi di essere?». Lian si alzo e mi guardò dall'alto in basso: «Sono quello che ha salvato le chiappe a tua sorella, ecco chi sono. E per dirla tutta non ho ricevuto neanche un grazie» guardò di sottocchio mia sorella, in tutta risposta lei alzò il mento e gli fece un gestaccio. Scoppiò a ridere buttando la testa all'indietro: «Molto carino da parte tua, non credevo che fossi il tuo numero uno» poi si fece serio «però non capisco una cosa, come hai fatto quella cosa con le fiamme? Sei una strega? Questo spiegherebbe perché Thomas volesse prosciugarti come se fossi il suo succo di frutta preferito. Comunque adesso non ho tempo, domani sera potremo fare un'altra piccola chiacchierata, devo ancora ritirare la mia ricompensa. Ci vediamo domani Kaalisi». Detto questo scomparve, si sentì solo il rumore della porta chiudersi con uno scatto. L'indomani mattina ricevetti una telefonata dal nostro avvocato, ci convocava alle nove nel suo studio per la lettura del testamento dei nostri genitori. Mi vestii in fretta e preparai la colazione a Kaali e uscii di casa. Mezz'ora dopo ero già, seppur in ritardo, ad aspettare che l'avvocato mi ricevesse. Stanca di aspettare presi una rivista dal tavolino, e mentre leggevo di uno sconvolgente avvistamento di UFO, sentì la segretaria chiamarmi, appoggiai di fretta la rivista sulla poltrona ed entrai nell'ufficio. Non era molto grande, ma l'arredamento ordinato e minimalista faceva sembrare il luogo molto più spazioso. «Lei deve essere MarieBelle, sono Samuel Blaze, i suoi genitori mi hanno parlato molto di lei e di sua sorella» disse alzandosi e porgendomi la mano. Rimasi imbambolata spalancando la bocca, come un pesce lesso. Era uno spettacolo, poteva benissimo essere un modello: un corpo da favola, il corpo forte da palestrato ma senza esagerazione, i capelli neri con dei riflessi più chiari e gli occhi di un ipnotico marrone scuro, era vestito con un completo scuro e il colletto allentato mostrava, quello che sembrava il tatuaggio di un'ancora. Non mi resi conto di quanto tempo rimasi ad osservarlo, ma doveva essere abbastanza da renderlo imbarazzante. Con le gote rosse allungai la mano e nel momento stesso in cui la nostra pelle si sfiorò, ci fu una scossa abbastanza potente da costringermi a ritrarmi, lo guardai per capire se fosse stata solo una mia impressione, ma dalla sua espressione capii di non averla immaginata. «Che cosa è stato?» chiesi massaggiandomi la mano. Lui si riprese dallo shock e ritornò a sedersi pur non staccandomi lo sguardo di dosso: «Sarà stata l'elettricità statica, siediti MarieBelle » disse, indicandomi la sedia. Mi sedetti rigida e a disagio. «MarieBelle ti ho chiamato per discutere con te di una cosa riguardante una clausola del testamento. I vostri genitori hanno sottoscritto un documento in cui in caso della loro scomparsa, voi avreste avuto accesso a un deposito in denaro e la proprietà di ogni bene immobile» disse estraendo dalla scrivania una cartellina rilegata. Confusa la presi con mano tremante. «Inoltre i vostri genitori mi hanno pregato di darvi questa» disse prendendo dalla tasca della giacca una chiave, presi anche quella e la osservai corrucciata. «I miei genitori non sono morti. Sono solo dispersi, e la polizia sta facendo già dei progressi» dissi con tono inizialmente deciso che lentamente perse d'intensità e convinzione. La sua espressione si addolcì. Infastidita mi alzai: «Se abbiamo finito io me ne andrei». Spedita, andai alla porta, afferrai la maniglia ma contestualmente mi sentii afferrare un braccio, girai la testa e i nostri occhi si incrociarono, sentii ancora quella strana scossa ma stavolta più leggera, come fosse un piacevole formicolio. «Aspetta, so che non è molto professionale da parte mia, ma mi chiedevo ... vorresti ... vuoi uscire con me? Stasera?». Sorpresa, la mia furia passò così come era venuta, e senza esitare risposi con un filo di voce. «Si». Quella sera non riuscivo a stare ferma, scrutai per la centesima volta i quattro abiti poggiati sul mio letto, chiedendomi quale poteva essere il più adatto per un primo appuntamento. Volevo sembrare sexy, ma non troppo. Forse il vestito rosso? No, troppo scontato. Forse quello nero? Si, certo così poi sembro la figlia acquisita della famiglia Adams. O forse il vestito con le balze colorate? "Oddio, no!" pensai sospirando. "OK ne scelgo uno a caso e basta" chiusi gli occhi e presi un vestito a caso dall'armadio. Mezz'ora più tardi osservai soddisfatta il mio aspetto: il vestito Blu notte metteva in risalto la mia carnagione pallida e fasciava il mio fisico come una seconda pelle, i capelli leggermente mossi cadevano a cascata dietro le spalle, gli stivali lunghi fino a metà ginocchio nascondevano una bella porzione di pelle che il vestito corto non riusciva a coprire, un trucco leggero a incorniciare il tutto. Scesi di sotto e giunta a metà della rampa di scale sentì il campanello suonare. Mi affrettai ad aprire la porta e il mio cuore perse un battito. «Sei stupenda» disse Samuel con un sorriso, sentì tremare le ginocchia. «Anche tu» dissi rauca. Mi schiarii la voce, mi offrì il braccio, e al suo fianco, arrivati alla portiera dell'auto, come un uomo di altri tempi, aprì e aspettò che salissi. Dieci minuti dopo eravamo seduti comodamente nel ristorante più lussuoso che avessi mai visto. Quando la cena fu finita ci trattenemmo a parlare, a ridere. Samuel allungò la mano e la posò sopra la mia continuando a sorridermi, il tempo si fermò, le persone intorno a noi scomparvero, tutto divenne più luminoso e magico. «Andiamo si è fatto tardi» disse all'improvviso. Lo guardai inebetita, e fu come se una vetrata si rompesse, ma sorrisi ugualmente e uscimmo dal locale. Come un gentiluomo mi accompagnò fino all'entrata. «Grazie per la serata Samuel» nervosa mi passai la mano tra i capelli: «Mi piacerebbe, ecco se per te va bene, uscirei di nuovo con te». «Si, mi piacerebbe. Io...» si interruppe e guardò la porta corrucciato, con un colpo di spalla aprì la porta ed entrò, confusa e spaventata lo segui, e quello che vidi dopo mi fece bloccare rimanendo impietrita al mio posto. Samuel, teneva saldamente Lian per il colletto con in mano una spada di fuoco, mentre Lian da canto suo sfoderava zanne affilate come rasoi, i suoi occhi cambiarono passando dal marrone a un verde intenso che ricopriva ormai l'intera pupilla. «Che diavolo credi di fare?» disse Kaali accorrendo al fianco di Lian cercando di strapparlo della sua presa, con la mano libera Lian spostò Kaali dietro di sé proteggendola e allontanandola dalla spada. «Allontanati Kaali, questo tizio è pericoloso. Credevo che ormai anche gli uccellacci del malaugurio non si occupassero più delle faccende mortali» disse Lian rivolgendo a Samuel uno sguardo sprezzante. Mi avvicinai cauta, mettendomi al fianco di Samuel, la mia mente si spostava da lui alla spada. «Tu ... cosa sei?» chiesi esitante. «Sono un angelo, mi hanno mandato qui per proteggervi».

Kaalisi

«Un angelo? Mi prendi in giro per caso?» domandai disgustata guardando il suo volto, una maschera senza emozioni. «Quindi, mi hai presa in giro per tutto questo tempo» mi voltai vedendo Belle con le lacrime agli occhi. Da quando i nostri genitori erano scomparsi, non si era mai lasciata andare alle lacrime, mai neanche una volta, a causa di quel povero imbecille mia sorella sembrava non riuscire a trattenere più quelle emozioni. Non mia sorella. «TU...L'HAI FATTA PIANGERE» gli saltai addosso così velocemente che neanche Lian riuscì ad afferrarmi in tempo. La rabbia mi scorreva nelle vene, come un fiume in piena, sentivo tutto il mio corpo pulsare, la mente lontana come se si fosse estraniata dal corpo, che stringeva la gola dell'angelo, la mia forza aumentava, davanti agli occhi c'erano solo fiamme, tutto ciò che mi circondava prendeva quelle sfumature e le fiamme circondarono il mio corpo, ma non bruciavano non sentivo altro che un piacevole calore, come un abbraccio. Nella mia mente c'era solo un pensiero "BRUCIA, DEVE BRUCIARE". Braccia forti mi circondavano, nell'aria aleggiava un odore di bruciato, ma non riuscivo a fermarmi. «Kaalisi, Basta! Così lo uccidi. FERMATI DANNAZIONE!!» sentì urlare. Battei le palpebre, la vista mi si schiarì finchè il velo rosso che li ricopriva scomparve. Mi guardai attorno confusa, sotto di me qualcosa si mosse, abbassai lo sguardo e urlai inorridita vedendo Samuel praticamente bruciato vivo, il suo petto si alzava e si abbassava con un ritmo spaventosamente lento, scesi dal suo petto con un balzo «Cosa è successo? Cosa ho fatto!» il mio corpo venne scosso dai tremori, Lian mi strinse al suo petto confortandomi: «Sssh, piccola calma, respira. L'angelo ... starà bene, guarirà velocemente, ma tu devi calmarti » disse mentre cullava gentilmente il mio viso, la mano che mi accarezzava dolcemente la schiena, poi mi calmai e mi voltai vedendo mia sorella inginocchiata che teneva la testa di Samuel sulle gambe, le lacrime continuavano a scorrere sul suo viso, ma i suoi occhi erano pieni di rabbia e paura quando incontrarono i miei. «Belle...» cercai di dire qualcosa, ma non sapevo cosa dire e un semplice mi dispiace non era adatto. «Vattene ... vattene Kaalisi. Ti prego» distolse lo guardo e cominciò ad accarezzare i capelli di Samuel, mentre lui emetteva dei piccoli gemiti di dolore. «Forse posso aiutarlo a guarire più in fretta, non so se faccia effetto anche sugli angeli, ma vale la pena tentare» detto questo si adagiò, inginocchiandosi al fianco di Samuel, si morse il polso e lo appoggiò sulla bocca di Samuel, per alcuni secondi non accadde niente, poi Samuel si mosse e afferrò il polso di Lian bevendo il suo sangue avidamente. Con uno strattone gli staccò il polso dalla bocca alzandosi lentamente. «Dovrebbe funzionare, con il mio sangue in circolo le ferite guariranno da sole» disse voltandosi per poi circondandomi con le braccia da dietro mentre, in silenzio, aspettavamo che Samuel guarisse. Mezz'ora più tardi le ferite di Samuel erano sparite, la pelle bruciata stava ritornando sana e liscia, quando il corpo fu completamente guarito, Samuel riaprì gli occhi sollevandosi e mettendosi seduto, con un urlo di gioia Belle gli saltò addosso abbracciandolo: «Sei guarito, sei guarito!» continuava a dire tra un misto di gioia e stupore. Lui la strinse tra le braccia sussurrandole parole dolci mentre con lo sguardo cercava il mio. Quando accadde mi sentì sprofondare dal senso di colpa, mentre le braccia di Lian mi stringevano più forte a sé, emettendo un basso ringhio. E in quel momento capii che sarebbe stato diverso.

***

«Non ci siamo ancora Kaalisi» urlava Samuel dall'altra parte della radura, dove da alcune settimane ci ritrovavamo io e mia sorella ad allenarci per sviluppare e controllare i nostri poteri. Belle se la cavava alla grande anche se il suo potere qualche volta faceva le bizze. Solo qualche giorno prima Belle aveva scoperto che aveva il potere di creare dei fulmini con le mani. Certo lo avevamo scoperto in maniera tragica, le vittime erano state il tostapane e la mia preziosissima macchina del caffè, ma ora riusciva a controllarla almeno un po' più di quanto ci riuscissi io. «Dovete concentrarvi ragazze, visualizzate il vostro potere modellatelo nella vostra mente e colpite i sacchi, non è difficile» riprese Samuel per poi avvicinarsi a me con uno sguardo duro in volto: «Ti sto annoiando Kaalisi, non sei riuscita neanche una volta a colpire il sacco e credi di aver il diritto di poterti distrarre?». Alzai il mento ostinata, avevo capito una cosa di me stessa, da quando avevamo iniziato a fare gli allenamenti, odiavo prendere ordini. «Non mi pare che avessi quel problema quando ti ho cotto a puntino nel nostro soggiorno» dissi sbeffeggiandolo, si sentì uno sfrigolio poi un colpo mi mandò a gambe all'aria a un metro di distanza, mi alzai sui gomiti vedendo Belle che con passo deciso si frapponeva tra me e Samuel con un'espressione furiosa in volto. «Come osi dire una cosa del genere al mio ragazzo? Non ti è bastato averlo quasi ucciso? Infierisci anche!!» gridò mentre le sue mani si illuminavano segno che si stava preparando a un altro colpo. Con un movimento fluido inarcai la schiena e con una spinta mi alzai pronta per lo scontro, anche se il mio potere non era sviluppato come quello di Belle, c'era aria di scontro e l'adrenalina scorreva in corpo «Che c'è ho toccato un nervo scoperto? La mia battuta per caso ti ha scottato?» proruppe un urlo e una frusta elettrica circondò la mano di Belle pronta a colpire, infatti Belle non perse tempo e con una torsione del polso quella scattò in avanti, prima che mi colpisse evocai uno scudo di fuoco che bloccò il colpo come una barriera, la frusta ritornò indietro cambiando forma e diventando una spada a doppia lama, infuriata modellai il fuoco creando una spada più corta e con un urlo corremmo l'una contro l'altra e quando le lame si scontrarono si sprigionò un lampo di luce, l'urto ci scaraventò lontane, mentre volavo mi sentì afferrare mi girai e vidi il volto di Lian con il solito sorriso sarcastico stampato in faccia. «Ti stai divertendo?» domandai infastidita quando lentamente mi fece posare i piedi per terra. «Si, sono in ritardo. Ho avuto qualche problema con un tizio» mi spostò una ciocca di capelli mettendola dietro l'orecchio. «Come va l'allenamento?» chiese guardando l'erba bruciata tutta intorno e i miei vestiti strappati in vari punti. «Alla grande direi» ribattei con una smorfia quando passò il dito sul livido che avevo sulla spalla, rise e mi diede un bacio leggero sul punto indolenzito. Quando sollevò il volto, mi ritrovai le sue labbra a un millimetro dalle mie, se mi fossi avvicinata ancora un po' le mie avrebbero sfiorato le sue. Erano settimane che attendevo che Lian facesse la prima mossa, certo eravamo usciti un paio di volte per andare a vedere un film e al pub dove c'eravamo incontrati, ma non aveva fatto mai niente e ormai sognavo che mi baciasse e mi perseguitava sia a casa quando dormiva o a scuola quando dormivo sul banco. Ma come ogni volta si allontanò con un sorriso malizioso e gli occhi che scintillavano con quel bagliore verde familiare. «Andiamo, torniamo agli allenamenti» disse mentre prendeva la mia mano. «Sei un diavolo Lian» borbottai. In risposta scoppiò in una fragorosa risata. Arrivati a metà strada ci accorgemmo che Samuel aveva sguainato la spada e Belle, dietro di lui, che guardava qualcosa. Quando fummo quasi arrivati il mio occhio intravide un bagliore. Spalancai gli occhi alla vista, nel punto dove io e Belle ci eravamo scontrate si era creata una fenditura a mezz'aria, che brillava. «Che diavolo è quella cosa?» man mano che parlavo la crepa si richiudeva e quando fu solo uno spiraglio si sentì come il rumore di un risucchio. «Quello era il velo che separa questo mondo, dall'aldilà» rispose cupo Samuel. Nel frattempo, negli inferi ... incatenato in una roccia, Lucifero l'angelo caduto, colui che un tempo era definito Portatore di Luce, osservava il tempo passare, riflettendo sul mondo e un modo per distruggerlo. Il Padre non avrebbe dovuto condurlo a una vita di dannazione, certo aveva usato gli umani e ridotti al peccato, ma non si sarebbe mai immaginato che Lui avesse scelto loro invece che il suo figlio prediletto, eppure ancora oggi si ritrovava con delle catene impossibili da spezzare e una vendetta che gli bruciava dentro. Certe volte era solo quel sentimento che gli impediva di impazzire del tutto. Scoppiò in una risata sguaiata: «Ma chi voglio prendere in giro? Sono già pazzo!» rise ancora con tono cupo, alzando il volto e osservando le fiamme che lo lambivano, unica luce nell'oscurità. «Mi senti padre! mi libererò e quando questo accadrà, scatenerò l'inferno in paradiso» urlò, ma come risposta solo silenzio. Anni addietro quando ancora credeva nell'amore del Padre e nel perdono aveva urlato molte volte in quel modo, ottenendo solo la visita delle creature abbastanza forti o pazze da scendere fin lì. Dalle ombre comparve una creatura dall'aspetto orrendo, un demone di basso rango col corpo squamoso e viscido, la testa simile a un serpente e la bocca arcuata in un sorriso: «Mio Sssignore è giunta voce di un evento sssenssazionale» disse il piccolo demone sibilando. Quando il demone ebbe finito di parlare scomparve in una nuvola e nell'aria alleggio l'odore di zolfo.A quanto pare sarò libero molto presto».

MarieBelle

«Marieee...» sentii chiamarmi in tono stridulo, mi voltai confusa finché non intravidi con la coda dell'occhio una piccola macchia rossa corrermi incontro. «Cassandra?» chiesi confusa, che nel frattempo si gettò tra le mie braccia e mi strinse forte. «Che è successo?» chiesi spaventata. Lei alzò il volto con gli occhi arrossati. «Cassi che ti prende?» riprovai addolcendo il tono di voce. Le sue labbra tremarono, l'abbracciai forte :«Io...io ho sognato una cosa, e poi ho saputo dei tuoi genitori. Mi dispiace». Mi sentì in colpa, dopo le cose accadute in quelle settimane avevo completamente rimosso la scomparsa dei miei genitori, quale figlia dimenticherebbe una cosa del genere!? Cassi si mosse tra le mie braccia, scivolando via dal mio abbraccio, si strofinò gli occhi: «Che sto facendo, oggi è il tuo compleanno e io mi metto a dire queste cose» disse con aria di disapprovazione, fece una risatina forzata e si tolse la borsa dalla spalla, ci frugò dentro e ne estrasse un piccolo pacchetto, pieno di fiocchi, nastri colorati che erano più grandi del pacchetto stesso. La guardai smarrita, poi ancora scossa lo presi «Buon Compleanno, amica mia!» disse. Aprii il pacchetto e ne estrassi una piccola collana argentata con uno strano ciondolo, una specie di "Y" con una piccola lineetta in mezzo. «Che significa questo simbolo Cassi?» chiesi mentre me la mettevo intorno al collo. «È un porta fortuna, anche le mie sorelle ne portano uno, mi sembrava giusto che tu la persona più vicina a una sorella dovesse averla». L'abbracciai forte. «E comunque non sarebbe il massimo avere sette sorelle. Non so come fai ad avere sei sorelle maggiori, io ne ho una e per giunta siamo gemelle, ma non possiamo neanche parlare del tempo, per dirti, che iniziamo ad urlarci contro per una bambola che avevamo da bambine» sbuffai per poi scoppiare a ridere fino a che non ci uscirono le lacrime dagli occhi. «Ok, basta così, sto morendo!» disse cercando di riprendere il fiato. «Comunque, cosa ti va di fare stasera? È il tuo Compleanno, quindi scegli tu». Ci pensai su, forse festeggiare mi avrebbe aiutata a distrarmi da tutte le cose anormali della mia vita, cavolo sarebbe stata la prima cosa normale che avrei fatto da oggi a questa parte. «Ok, ma soltanto io e te, ti va bene?». «OK, che ne dici di andare al cinema? Oggi proiettano un film da paura!» la guardai accigliata. «Nel senso che è horror o che è bellissimo?». «E io che ne so! Ci vediamo alle 21:00? Passo io, ci vediamo dopo... Marie» e se ne andò senza darmi il tempo di risponderle. Alzai gli occhi al cielo pensando: "*Quella ragazza mi farà diventare matta*".

«Quando mi hai detto che era un film da paura, non credevo che si riferisse a un film così brutto da far paura!» dissi a Cassi mentre uscivamo dal cinema. «Già, hai ragione. Ma l'hai visto il sangue? Era così finto che il Ketchup delle patatine a confronto lo farebbe sfigurare» disse infilandosi le patatine in bocca. «Vuoi anche tu un po' di patatine al sangue?» chiese mentre mi sventolava la patatina sotto il naso. Storsi il naso vedendo che, oltre ai litri di salse che Cassi ci aveva messo sopra , vi stava uno strato doppio di unto: «NO, grazie. Come fai a mangiare quella roba e non ingrassare neanche un chilo? Se mangiassi come fai tu a quest'ora uscirei dalla porta rotolando». Si mise a ridere: «Non so, forse è colpa del mio metabolismo? E per la cronaca io rispetto alle mie sorelle mangio pochissimo». Rabbrividii al pensiero. Qualche anno fa era stata organizzata una fiera e in uno degli spettacoli più gettonati e ambiti, c'era quello di chi mangiava più hamburger. In gara erano rimasti Cassi, il campione dell'anno precedente e un altro povero mal capitato. Alla fine della gara i giudici hanno eletto Cassi "Regina dell'unto" dopo aver ingerito la bellezza di trentadue hamburger, mentre il campione dell'anno precedente solo ventisei. Ma il fatto che più mi sconvolse maggiormente fu che Cassi, appena scese dal palco mi chiese di accompagnarla a prendere un gelato. «Allora mi stai ascoltando oppure no?». Scossi la testa: «Scusa ero sovrappensiero, mi hai chiesto qualcosa?». La sentì sbuffare indignata: «Ti ho chiesto come procede col tuo nuovo ragazzo, non mi hai raccontato niente e adesso sto fremendo dalla curiosità». Posai lo sguardo per terra, non sapevo come rispondere alla sua domanda. Certo eravamo usciti insieme, ma non ci eravamo ancora baciati e non sapevo che fare, le cose tra noi sembravano essersi raffreddate e in certi momenti mi domandavo seriamente se non mi avesse presa in giro per tutto quel tempo, se fosse stato così sarebbe stato veramente un lurido verme, per non usare un'espressione più colorita. «Allora?» mi domandò ancora Cassi impaziente. «Io... non lo so. È complicato». Rimanemmo in silenzio fino a che non raggiungemmo la sua auto. Quando Cassi mi lasciò davanti a casa salutandomi con un urlo mentre ripartiva in tutta corsa: «Buon Compleanno Marieeee. Ci vediamo domani». La salutai con la mano e entrai nel portico, mentre camminavo sentivo qualcosa nell'aria. Una brutta sensazione aleggiava intorno e avevo come la sensazione di essere osservata. Mi girai ed osservai i dintorni, la strada era deserta senza neanche l'ombra delle auto, tutto era silenzioso, si sentiva solo il canto dei grilli e qualche rumore che proveniva dal boschetto poco lontano da lì. Presi un respiro profondo per calmarmi - non è niente, è tutto nella tua testa, devo calmarmi - ripetevo come un mantra. Chiusi gli occhi cercando di calmare il battito frenetico del cuore. Un rumore di foglie trascinate mi fece sussultare: «Dai Belle, - pensai ad alta voce - il rumore delle foglie ti spaventa? Come farai quando un vero mostro ti spunterà davanti? Piangerai e ti succhierai il pollice ?». «Spero di sì, sarebbe divertente da vedere» sussurrò una voce al mio orecchio, prima che avessi il tempo di prendere fiato per urlare una mano callosa mi tappò la bocca spingendomi finchè non toccai il muro con la schiena, non riuscivo a respirare, vedevo solo gli occhi di Lui, occhi spiritati iniettati di sangue che brillavano di un rosso rubino, un vampiro. Dopo che la mente registrò l'informazione, cercai di allontanarlo, ma era troppo forte mi schiacciava la testa contro la parete così violentemente da non riuscire a pensare, il mio istinto mi urlava di cercare di liberarmi, ma la mia forza non era nulla paragonata alla sua. Lacrime copiose mi scorrevano sul volto, appannandomi la vista. «Sai, ero stato attirato dall'odore della ragazza che si trova al secondo piano» disse il Vampiro sempre sussurrando al mio orecchio «ma poi sei arrivata tu, anche il tuo odore come il suo è molto dolce, l'odore del tuo sangue unito al profumo della tua paura, è irresistibile». Sollevò la testa e guardò il mio petto dove il battito del mio cuore tuonava così forte che un cardiologo non avrebbe fatto nessuno sforzo per fare una diagnosi, i polmoni bruciavano non riuscivo a respirare. «È il tuo cuore, batte così forte che mi richiama, come una sirena» continuò passandosi la lingua sui suoi canini. Non riuscivo a pensare, il corpo immobile, inerme, settimane di allenamenti e poi l'unico ostacolo per la mia sopravvivenza è proprio la mia paura. Tutto questo avrebbe potuto avere un qualcosa di comico e in una situazione diversa mi sarei messa a ridere. Ma non ero una tipa coraggiosa. Al mio posto, Kaalisi avrebbe riso di fronte alla morte. No, Kaalisi non si sarebbe fatta uccidere. Lei avrebbe combattuto con le unghie e con i denti. Cercai di controllare se qualche parte del mio corpo fosse ferita, le mani erano libere ora il Vampiro era distratto dalla sua povera eccitazione - devo rilassarmi - pensai. Immaginai una coperta calda, che quando si sfrega crea energia statica, quell'energia che ti percorre il corpo senza fare male, un formicolio che parte in tutto il corpo, energia che si trasforma in fulmine e si distribuisce in tutto il corpo, che si sposta come se fosse unita da una rete che si concentra nelle mani, quando dalle mie mani uscirono piccole scintille seppi che era il momento giusto posai le mie mani nelle spalle del Vampiro e la rilasciai come un fiume in piena. Il Vampiro urlò e cadde a terra, non staccai le mani da lui, ormai il suo corpo era scosso da violente convulsioni, mi sentivo mancare come se mi avesse prosciugata di tutte le energie. In quel momento lo lasciai andare, cadde a terra raggomitolandosi su sé stesso, barcollai fino ad appoggiarmi al muro senza mai staccare lo sguardo da lui. Non riuscivo a tenermi in piedi, le palpebre si chiudevano sole «Aiuto...» sussurrai. «Samuel» e mi abbandonai alle tenebre, prima che cadessi sentì mani forti afferrarmi e stringermi al petto. Svenni circondata da un calore e da un familiare odore di tempesta, quando rinvenni ero sdraiata in un letto comodo, mi strofinai gli occhi con la mano per schiarirmi la vista. «Ti sei svegliata, per un momento mi hai fatto credere che saresti morta». Mi misi seduta sentendo la voce di Samuel. Era seduto nella poltrona di pelle, sepolto nell'ombra della stanza, i suoi occhi brillavano nel buio della notte, era stupendo ma c'era qualcosa nei suoi occhi che mi impauriva, ma che allo stesso mi spingeva ad avvicinarmi. «Mi dispiace per oggi, dovevo stare più attento, dovevo sapere che per il giorno del tuo compleanno avresti avuto una traccia». Corrugai la fronte «Traccia? Che cosa?». Lui sospirò: «La traccia è un metodo per rintracciare i mezzosangue come te e le creature paranormali. Praticamente il tuo sangue è quello che attira per di più i vampiri, perché soprattutto quello degli angeli è più dolce di quello degli umani». Sbuffai: «Mi stai dicendo solo ORA! che ho una specie di segnale radar». «Non solo questo, ma mi dici solo adesso che sono una mezzosangue? Se sono per metà angelo per l'altra metà cosa sono?». Samuel si mise più comodo nella poltrona allungando le gambe. «Sei per metà angelo caduto, tu e tua sorella siete nate dall'unione di un Angelo portatore di gioia, e un Angelo decaduto». «Io e Kaalisi sappiamo di essere state adottate, ma che i nostri genitori fossero in realtà degli angeli, no». «La loro unione era segreta, era proibito unirsi tra Angeli e Caduti, perché i mezzosangue sono più potenti di entrambi e la loro natura è incerta». «Perché dici così?» mi passai la mano tra i capelli la testa mi scoppiava, troppe informazioni insieme. «Non ti so dare una risposta, perché non ho mai posto la domanda ai miei superiori». Restammo in silenzio finché lui si alzò dalla poltrona e con due lunghe falcate ricoprì la distanza che ci separava. Il mio respiro era veloce, seguii i suoi movimenti con lo sguardo, quando si sedette mi guardò negli occhi e il mio cuore perse un battito. «Marie-Belle ho voglia di baciarti».

Kaalisi

«Non capisco. Cosa dovremo cercare qui?» domandai a Lian mentre entravamo in un locale a luci rosse «e soprattutto vorrei capire, perché mi hai fatta conciare in questa maniera» indicandogli il mio vestito attillato, se così si poteva definire quel fazzoletto di carta che mi aveva comprato Lian, poi col trucco pesante sembravo una battona da quattro soldi. «Sei vestita così, per non creare sospetti. E per quanto il tuo look dark mi piaccia, in questo locale daresti troppo nell'occhio» spiegò con tono basso mentre superavamo un gruppo di persone praticamente nude strusciarsi al ritmo di musica. Ovunque guardassi, vedevo parti del corpo generalmente coperte e persone così vicine le une con le altre da non capire dove iniziasse uno e finisse l'altro. «E poi, non sono stato io a scegliere il posto. Un mio informatore, stamattina mi ha chiamato dicendomi che potrebbe avere delle informazioni che mi interessano». Mi trascinò fino a un tavolo appartato in fondo al locale, mi sedetti e accavallai le gambe a disagio. «Tesoro, devi smetterla di accavallare quelle gambe. Il rumore della tua pelle che struscia mi sta facendo impazzire. Non essere nervosa sarà qui a momenti». Mi torsi le dita ansiosa, estrassi il telefono dalla scollatura del vestito e accesi lo schermo, nessun messaggio. Poche ore prima mia sorella dopo essere rientrata a casa era stata attaccata da un vampiro e si era salvata per un soffio, il senso di colpa mi distruggeva, non ero riuscita a sentirla perché indossavo le cuffiette e non ero riuscita a sentire Belle urlare, io ero in camera mia ad ascoltare musica mentre la mia sorellina rischiava la morte. Certo adesso la situazione non era migliorata dato che dopo averla trovata sorretta da Samuel, egli era scomparso tra le nuvole trascinandosela con sé. Lian mi aveva parlato di un regno dove gli angeli salvaguardavano la vita umana, il regno era chiamato dal loro popolo "Il Regno Dei Cieli", mi parlò dei diversi tipi di angeli. Esistevano tre tipi di angeli: gli angeli portatori di gioia che aiutavano gli umani nei loro momenti più difficili; gli angeli guerrieri che si occupavano di respingere e debellare, ormai da migliaia di anni, i demoni e poi c'erano gli angeli della morte coloro che erano destinati a portare le anime degli umani, e non solo, in paradiso o all'inferno. Inoltre, a detta di Lian, girava voce che tutti gli angeli abitassero in case intangibili e impenetrabili allo stesso tempo, solo essi potevano accedere a quel regno. «Eccolo» disse Lian scrollandomi piano il braccio. Osservai la miriade di gente che ballava in pista, un ragazzo poco più che ventenne veniva verso di noi, con falcate decise e sicure. Aveva un aspetto tenebroso, i capelli neri come la notte, folti che gli arrivavano fino alle spalle, portava un trench scuro, vestiti di pelle e stivali da combattimento. «È quel tizio?» chiesi a Lian sporgendomi più avanti. «Si, fai la brava e non dire niente che potrebbe costringermi a sculacciarti» mi avvertì, gli occhi brillavano di malizia e divertimento, sbuffai e gli diedi una spinta. Scoppiò a ridere fragorosamente per poi chinarsi e darmi un favoloso bacio, schiusi le labbra sorpresa poi il bacio divenne più intenso mentre le nostre lingue duellavano, gli incrociai le braccia dietro il collo e lo strinsi a me, Lian mi circondò con le braccia sollevandomi e trascinandomi sulle sue ginocchia . «Sto interrompendo qualcosa?» chiese una voce profonda e divertita alle nostre spalle. Mi staccai imbarazzata mentre le mie guance diventavano rosso fuoco. «Derek, da quanto tempo amico mio» disse Lian per nulla imbarazzato. Mi mossi a disagio e cercai di alzarmi dalle sue gambe per ritornare a sedermi sul divanetto, ma le braccia di Lian mi trattennero stringendomi a sé. Rassegnata cercai di mettermi comoda poggiando la testa sull'incavo della sua testa e circondando le sue mani poggiate al mio stomaco. Il ragazzo osservò quel gesto e fece un ghigno divertito: «Non avrei mai pensato che il vecchio Lian Black potesse impegnarsi con qualcuno» rivelò sorpreso il ragazzo «e non mi sarei mai immaginato che si sarebbe legato a una ragazzina, per giunta ad un'umana». Infastidita dal suo atteggiamento mi morsi la lingua per non rispondergli a tono e levargli dalla faccia quel ghigno del cavolo. «Ti sorprenderesti di quello che può cambiare in tanti anni di lontananza» rispose Lian sfiorandomi il collo con le labbra. Derek sbuffò a quell'affermazione: «La gente non cambia Lian, crea solo una maschera intorno a sé, ed è proprio quando questa cade che possiamo scorgere il mostro che lo abita» rispose Derek incupendosi, per poi riprendere il solito sorrisino. Corrugai la fronte, per un momento nei suoi occhi avrei giurato di scorgere un'ombra di dolore. «Sono troppo vecchio per giocare» - quanto poteva essere vecchio, di sicuro non aveva più di ventiquattro anni. «Lian quanti anni hai di preciso? » chiesi ma non ero molto convinta di voler sapere la risposta. Derek rise: «non gliel'hai ancora detto?». Sentii Lian irrigidirsi: «Non sono affari tuoi Derek di cosa faccio con la mia ragazza. Tieni la tua invadenza per te» rispose in tono duro con gli occhi freddi, facendo spuntare delle pagliuzze verdi tra gli occhi, poi mi sussurrò all'orecchio dolcemente: «Ne riparleremo stasera, Kaali quando saremo soli». Poi si rivolse nuovamente a Derek: «Dimmi quello che hai scoperto e poi sparisci, ho delle cose da fare con questa bellissima donna, e le tue chiacchiere mi stanno facendo perdere tempo». Derek alzò le mani in segno di resa e il suo volto si fece più serio: «Ho sentito che da quelle parti, sono state ritrovate delle vecchie basi dell'Organizzazione, i documenti che hanno lasciato erano troppo rovinati per riuscire a decifrare qualcosa di utile». Mi sentì confusa - cosa c'entrava questo con la scomparsa dei miei genitori? «Però hanno lasciato dei file su alcuni disertori che facevano parte dell'Organizzazione» continuò mentre estraeva una scheda madre dal trench. Lian li prese e li infilò nella tasca del giubbotto. «Altro?» chiese. «In realtà nel luogo dell'incidente io e la mia squadra abbiamo ritrovato alcune tracce, le persone che stai cercando non sono morte, nel terreno vicino alla boscaglia abbiamo trovato dei segni di trascinamento e impronte di pneumatici poco lontano da lì quindi chiunque sia erano ancora vivi quando li hanno estratti dall'auto. E dai file che siamo riusciti a decriptare pensiamo che anche loro ne abbiano fatto parte in passato». «Non sto capendo niente di che state parlando? quale Organizzazione? Chi si è preso la briga di rapire due insegnanti? Non ci sto capendo più nulla» dissi mentre mi portavo le mani alla testa e mentre mi massaggiavo, la sentivo scoppiare. «L'Organizzazione è appunto un'associazione che si occupa di occultare il mondo del paranormale e di uccidere coloro che danno troppo nell'occhio» rispose Lian. Derek annuì: «Magari si occupassero solo di questo...».

MarieBelle

«Voglio baciarti». I suoi occhi erano così intensi, sembrava che riuscisse a entrarmi dentro e a scrutare la mia anima. «Io non ho mai baciato nessuno, tu sei la sola che riesce a farmi questo effetto, mi fai bruciare e non riesco a resistere» continuò mentre faceva scorrere il pollice sulle mie labbra, i lineamenti rilassati gli davano un aspetto più giovane, sembrava surreale una scena da film o una fiaba. Mi avvicinai al suo viso, fino a che le sue labbra non sfiorarono le mie, presi un respiro e mi avvicinai ancora. All'inizio fu lento quasi avesse paura di farmi male, poi l'istinto prese il sopravvento, le sue braccia mi circondarono stringendomi al suo petto, mentre gli accarezzavo le braccia salendo fino ad arrivare alle spalle gemetti sentendo i suoi muscoli forti sotto le dita. «Ne voglio di più, ancora. Ti prego» disse staccandosi per un attimo dalle mie labbra. Annui inebetita, e mi presi un altro lungo bacio, schiudendo le labbra, gli passai le dita sui suoi capelli e lo tirai più vicino, gemette, si stacco da me eliminando il contatto tra la nostra pelle, mi lamentai, lo guardai schiudendo gli occhi e restai senza fiato alla vista dei suoi occhi che bruciavano di passione. Mi mise una mano e lentamente mi fece sdraiare sul letto, salì a cavalcioni, il peso del suo corpo sul mio era una sensazione strana, ma piacevole. Sentivo il suo calore, mi circondava come una coperta facendomi sentire protetta. «Sei così bella Marie» la sua voce roca piena di passione mi fece arricciare le dita dei piedi. Ci baciammo a lungo fino a che i nostri cuori non batterono all'unisono, legati. Quando, all'improvviso: «Devi dormire, domani sarai stanca» fece per alzarsi, ma gli afferrai il braccio : «Non andare via» lo pregai. Mi osservò fino a che non annui e si sdraiò di nuovo, stringendomi al petto, mise una coperta su di noi e mi strinse a sé posando la testa sulla mia spalla, sentivo il suo naso sfiorarmi i capelli. Prima di addormentarmi mi irrigidii, per paura che dopo che mi fossi addormentata se ne sarebbe andato, lasciandomi sola. «Dormi ora, Marie. Al tuo risveglio sarò ancora qui». Mi rilassai subito, e sospirai sentendo il mio cuore diventare leggero. L'indomani mattina, mi svegliai più energica del solito, con un sorriso che collegava i due lobi degli orecchi. Al mio risveglio Samuel era accanto a me, profondamente addormentato, sorrisi al ricordo, non avevo voluto svegliarlo così mi ero preparata in fretta per andare a scuola, senza far rumore gli diedi un leggero bacio ed uscì di casa. Uscendo dal portone, notai con la coda dell'occhio una figura appollaiata sul muretto che circondava il nostro giardino, mi guardava senza muoversi e non gracchiava, mossi una mano per scacciarlo via, ma lui rimaneva sempre immobile, guardandomi con i suoi occhietti neri inquietanti, rabbrividii e mi affrettai ad uscire, prima di girare la traversa mi voltai ed incrociai ancora gli occhi del corvo, mi girai subito e accelerai il passo, avendo ancora la sensazione di essere osservata. La giornata passò molto lentamente e quando suonò la campanella della ricreazione fu quasi un sollievo, mentre camminavo per i corridoi che portavano alla mensa, guardai per la dodicesima volta il telefono per controllare se avessi ricevuto qualche messaggio da Samuel o da mia sorella. Frustrata lessi ad alta voce: «Nessun messaggio ricevuto» sbuffai ed entrai in mensa, presi il vassoio e lo riempii di cose a caso, pagai e mi sedetti ad un tavolo. Pensai: «*Perché diavolo non mi ha chiamato o mandato messaggi, abbiamo passato una notte insieme e non si degna neanche di chiamarmi per dirmi "Ciao"*». Sbattei il telefono sul tavolo ed incominciai a mangiare. «Guarda, guarda. Chi abbiamo qui? la piccola MarieBelle tutta sola. Dov'è la tua amichetta? La piccola freak rossa? Ho sentito dire che nella sua famiglia si credono di essere streghe» disse Angelica River, la ragazza più popolare della scuola, la più bella e bla, bla, bla. Per riassumere, era una vera stronza e soprattutto era la figlia del preside, perciò era intoccabile. Come al solito era circondata dalle sue amiche ochette. «Già ho sentito dire che due delle sue sorelle le hanno arrestate perché sono state trovate a fare dei riti satanici» disse una delle oche. Battei la mano sul tavolo e mi alzai in piedi fronteggiandole testa a testa - se sono riuscita a fronteggiare un vampiro di certo non mi farò intimorire da loro - «La mia amica non è strana, e non è di certo un mostro a differenza di voi». «Come ti permetti!» sbottò Angelica con voce squillante. «Dico ciò che penso» dissi semplicemente col volto inespressivo. «Certo! A proposito dov'è la tua gemella? Non la vedo in giro da un po', non è che è fuggita da te anche lei? Come i tuoi genitori del resto». Infuriata mi avvicinai finché non fummo faccia a faccia: «Non parlare dei miei genitori con quella tua lingua biforcuta, non ne sei degna e dovunque sia mia sorella, so che se ti sentisse ti riempirebbe di calci dove non batte il sole. Ritieniti fortunata». «TU! Ragazze andiamocene» sbuffò e lei e le sue ochette bionde se ne andarono sculettando. «*Adesso basta!* - pensai - *Vado a casa*». Presi il telefono, mi misi lo zaino in spalla e mi avviai verso l'uscita. «Dove credi di andare Marie-Belle Silver?». Mi girai e vidi di nuovo Angelica col volto soddisfatto: «Non puoi uscire e se lo farai sarò costretta a chiamare il preside». «Lasciami stare Angelica» un rumore attirò la mia attenzione mi voltai e vidi un corvo. Il corvo era seduto su un ramo e ci guardava. Man mano che lo osservavo, l'immagine del corvo tremolava come se fosse un miraggio, passando dall'immagine del corvo a quella di una creatura piccola e nera, con squame e denti aguzzi, la creatura scese dal ramo strisciando verso di noi, spalancai gli occhi. «Angelica vieni!» dissi in preda al panico mentre mi avvicinavo a lei senza staccare gli occhi della creatura. «Cosa? No, non verrò da nessuna parte ... con te ... non sei mia amica e di sicuro non sarò tua complice». La affiancai e mi preparai alla lotta, caricando il mio potere fino a che dalla mia mano destra non spuntò una frusta elettrica. «Che stai facendo? O MIO DIO CHE COSA HAI IN MANO!!» urlò la mia compagna. «Stai zitta Angelica» poi mi rivolsi alla creatura: «Che cosa sei? E che cosa vuoi da me?». La creatura si fermò e si mise in piedi, era più o meno alta un metro e venti ed era orribile, le squame che la ricoprivano erano ricoperte di un viscidume di un color verde scuro. «Una mezzosssangue, sssi il vossstro odore è cosssì dolce e sssaporito. Sssi ma non posssso mangiare. No, il padrone non vuole» disse la creatura sibilando più a sé stessa che a me. «Devo osssservare, ma il padrone non ha detto niente sssul fatto di chiamare qualche amico e ssse lui decide di ucciderti io non ne ssono responsabile» disse la creatura sorridendo e guardando dietro le nostre spalle. Mi voltai, ma non fui veloce abbastanza da evitare il colpo di un'altra creatura con l'aspetto di un uomo mostruoso con corna ben visibili, mentre l'altra creatura si avvicinava ad Angelica che urlante guardava sconvolta, si avvicinò e la morse. «Nooooo!» urlai, mi alzai e corsi da Angelica, ma il demone mi sbarrò la strada e cercò di darmi un possente pugno, lo evitai e feci schioccare la frusta elettrica facendola attorcigliare tutto intorno al braccio del demone, lo tirai e la frusta lo tagliò come se fosse una lama affilata, il demone cadde a terra dolorante. Lo aggirai e raggiunsi Angelica con la creatura ancora avvinghiata a sé. «Lasciala stare» gli intimai e gli diedi un calcio facendolo finire lontano da lei. «Samuel» urlai forte, pochi secondi dopo una creatura mi si posò al fianco alzai il volto e guardai sbalordita le ali di Samuel di un color oro brillante con delle sfumature argento. «Mi occupo io del demone, tu cerca di aiutare la ragazza devi arrestare l'emorragia». Annuii e seppur premendo le mani sulla ferita, non riuscivo a fermare l'emorragia. Il sangue scorreva copioso nei punti in cui il demone aveva morso in profondità, la ferita era veramente brutta, alzai il volto e vidi Samuel uccidere il demone più grande, mentre la creatura più piccola indietreggiava fino al cancello e scomparve risucchiato dal terreno. «Samuel è grave». Lui si voltò col viso macchiato di sangue annuì e diede al demone il colpo finale infilzandolo allo stomaco con la sua spada angelica. Quello scomparve in una nuvola di cenere. Samuel camminò e si inginocchiò al fianco di Angelica «Leva le mani MarieBelle, così posso osservare la ferita». Levai le mani permettendo a Samuel di esaminarla meglio. Passò le mani sul punto più grave. Angelica gemeva e piangeva a causa del dolore. Era molto pallida, molto più del solito. «Ce la farà? Puoi guarirla, vero?» domandai disperata a Samuel. Lui abbassò gli occhi «Non posso, il demone aveva del veleno nelle zanne» disse piano «non posso guarirla, il veleno è già entrato in circolo, non posso fare nulla, tranne forse attenuare il dolore». Guardai Angelica, certo non era simpatica anzi tutt'altro, ma non meritava certo di morire, non per colpa mia. «Samuel sai rallentare, il processo?» gli chiesi mentre pensavo ad un folle tentativo per salvarla... «Si, posso rallentarlo ma non riuscirà a debellarlo in tempo, morirà comunque Marie» disse guardandomi confuso. «Fallo e portaci a casa più velocemente che puoi Samuel». Lui annuì e posò una mano sulla fronte di Angelica sulla sua mano fuoriuscì una luce che avvolse Angelica circondandola come in un'aura, osservai il leggero sudore per via della febbre, le labbra si rilassarono e la sua espressione si distese. «Fatto, ma non posso rifarlo di nuovo e il veleno si sta avvicinando al cuore». Mi appoggiò una mano sulla gamba chiuse gli occhi e il mondo girò come un vortice urlai e poco dopo mi ritrovai nel giardino di casa, smaterializzandomi. «Cos'è stato?» domandai mentre la testa mi girava. Samuel mi prese per le spalle tenendomi per non farmi cadere. «Vi ho teletrasportato, mi avevi chiesto di fare veloce e questo era il metodo più veloce che conoscevo». Annuii soddisfatta, presi un respiro profondo per riprendere l'equilibrio e calmarmi: «Credo di sapere come guarirla». Samuel corrugò le fronte e mi guardò confuso. «Come?» chiese «Cre... credo che dovrei attingere alla mia parte angelica. Il mio istinto mi dice ciò che devo fare per aiutarla». Con aria serissima mi esortò: «Allora fallo, devi concentrarti e guardarti fino in fondo all'anima, tu sai ciò che devi fare». «Si» dissi piano. Chiusi gli occhi e mi concentrai sentendo intorno e dentro di me una parte che sapeva di calore e luce la afferrai e il mio corpo si mosse solo. Posai le mani su Angelica e mi concentrai come facevo con il mio potere, scorreva tutto dentro me, attorno a me. Il mio potere si amplificava man mano che ne prendevo consapevolezza, poi si sprigionò in un'esplosione di luce, sentivo il mio corpo leggero come una piuma, sentivo una pressione crescere sulla schiena. «Marie basta, Marie fermati è guarita se continui così morirai. Stai esaurendo la tua forza vitale» mi urlò Samuel. Aprii gli occhi e mi sentii svenire, l'energia che mi scorreva poco prima finì e mi svuotai come un palloncino sgonfio. «Samuel» sussurrai stanca. «Shh, chiudi gli occhi. Riporterò la tua amica a casa, poi tornerò da te». Chiudendo gli occhi, sprofondai nelle tenebre.

Kaalisi

Riaprì gli occhi e mi ritrovai in una lussuosa camera mi alzai coi gomiti e mi strofinai gli occhi stanca, la sera precedente dopo che io e Lian rientrammo dal locale ero crollata nella sua auto. «Dove sono?» chiesi assonnata mentre mi trascinavo a sedere, osservai la stanza. Ero seduta su un comodo divano, dall'arredo sembrava fosse un salottino, più grande comunque del secondo piano della casa dei miei genitori. «Ti trovi a casa mia, non sapevo se portarti a casa tua per via dell'orario e non volevo di certo allarmare tua sorella». Sbuffai: «Quindi hai preferito portarmi a casa tua mentre ero incosciente?» dissi sarcastica, lui sorrise con gli occhi maliziosi. «Si, diciamo di si» poi il suo volto si indurì, diventando più serio «sapevo che mi avresti fatto delle domande al tuo risveglio». Annuii «Si, e così voglio che mi racconti tutto quello che sai. Ti avverto non ti muoverai da qui finché non avrai risposto a tutte le mie domande» dissi seria, poi il mio stomaco si ribellò a quella decisione emettendo dei rumori imbarazzanti. Scoppiò a ridere: «Certo, però prima devo far mangiare la mia piccola umana. Ti va di fare colazione?». Lo guardai dubbiosa, e il suo sorriso si aprì mostrando delle adorabili fossette. «Ti prometto che risponderò alle tue domande, mentre mangi. Forza ci sono anche dei Pancake» disse in tono suadente. Mi alzai e lo raggiunsi, ci sedemmo e mangiai con calma assaporando ogni morso, gemetti appena sentì il dolce sapore dello sciroppo sulla lingua. «Mi sto sentendo escluso da tutto il piacere che provi mangiando quei pancake. Ti piacciono così tanto?» mi chiese Lian mettendosi una mano sul mento, i suoi occhi erano divertiti e brillavano di un verde smeraldo, diventai rossa per l'imbarazzo, mi schiarì la voce e distolsi lo sguardo. «Adoro i pancake. Ok, ho la mia prima domanda» dissi seria tagliando un altro pezzetto di quella fetta di paradiso. «Dimmi!» mi misi in bocca il pezzettino e lo masticai con calma: «Sei come i vampiri dei film? Oppure dei libri?». Rise sotto i baffi. «Mi stai chiedendo se a contatto col sole brillo? E mi incenerisco? No! È vero che di notte siamo più veloci e più forti, perché ne siamo influenzati. Ma no, al sole non divento polvere». Annuii cercando di assimilare le informazioni. «Ieri, quel tizio ... Derek. L'organizzazione è un ente. Credo che i tuoi genitori facevano parte di questa organizzazione». Mi strinsi le tempie: «Come fai a esserne certo». Lui sospirò «Si, a proposito di ieri. Non ti ho detto la mia età perché non voglio che questo ti crei un qualche tipo di disagio, in fondo hai compiuto solo ieri diciotto anni». Guardai alzando un sopracciglio «Perché dovrebbe? Aspetta non puoi essere tanto più vecchio di me, giusto? ». Lui mi guadò divertito «Tesoro, ho circa centoventidue anni. Splendidamente portati aggiungerei». Spalancai la bocca «Noo...non può essere». Lui rise «Beh, si per essere così vecchio non sono affatto male, eh?» disse ridendo. «Oh mio Dio non solo sei vecchio, sei un rudere. Non dovresti stare in qualche museo? Perché di sicuro sei troppo vecchio per stare dentro una casa di riposo» affermai ridendo, poi ritornai in me e smisi di ridere. «Ok, va bene. Raccontami qualcosa di te, o meglio dei vampiri in generale». Lui mi fece un cenno di assenso «Spara». «Ho capito che non invecchiate, questo è certo. Sei veloce, forte e il tuo sangue guarisce le persone. Ma come sei diventato un vampiro?» chiesi curiosa. Lian distolse lo sguardo «Ne parleremo un'altra volta. Non oggi Kaali» lo guardai per un lungo istante, poi annuii era inutile insistere sulla cosa. «Che mi dici del sangue? Lo bevete veramente?» chiesi interessata mentre infilzavo l'ultimo boccone. «Si, bevo sangue» disse senza mezzi termini con voce inespressiva, sapevo che quella era una maschera, di sicuro si aspettava che dopo tutto quello che era accaduto, lo rifiutassi o che questo mi avrebbe fatto scappare a gambe levate. Non era così, io lo accettavo. Accettavo ogni cosa di lui, amavo il modo in cui mi faceva sentire, adoravo il fatto che per lui ogni momento fosse quello giusto per scherzare, i suoi sorrisi mi scioglievano, come burro, e sentivo il mio cuore battere a mille quando mi guardava, quando per il desiderio i suoi occhi diventavano completamente verdi. Amavo tutto di lui. Io lo amavo. Ero innamorata per la prima volta in vita mia e questo mi spaventava, più di ogni altra cosa. Lian percepì il mio cambio di umore, si irrigidì subito, pronto per fermarmi in caso fossi fuggita da lui, ma rimasi seduta. «Se lo volessi, potresti mangiare?» chiesi invece; lui mi guardò stupito, per poi rilassarsi ma lo sentivo ancora guardingo. «Si, posso mangiare, ma devo inghiottire un po' di sangue per mandarlo giù». Feci cenno di aver capito e guardai il pezzo di pancake ancora attaccato alla forchetta, piegai la testa e osservai prima il pancake e poi Lian che mi guardava incuriosito. «Ti sfido a mangiarlo!» dissi mentre sfoderavo il mio sorriso perfido. Lui mi guardò socchiudendo gli occhi, poi afferrò la mano e si portò la forchetta alle labbra, prese il pezzo di pancake e lo masticò in modo goffo per poi inghiottirlo, e poi mi guardò soddisfatto. Risi e mi avvicinai a lui: «Hai dello sciroppo sul labbro» e glielo levai passandoci sopra il pollice della mano libera, lo strofinai e poi me lo misi in bocca, socchiudendo gli occhi. Quando li riaprì Lian mi guardava in modo strano, mi si avvicinò e mi baciò con passione, trascinandomi sulle sue ginocchia, lo circondai con le gambe e lo strinsi a me. «Dai Kaali, ma cosa mi fai» disse Lian baciandomi con passione, le sue mani che salivano, mi sfiorarono lo stomaco, con gesti circolari. «Lian, io...io credo di amarti» lui si staccò da me, e mi sorrise «Finalmente, c'è voluto un po' per dirmelo, eh?». Sbuffai alzandomi dalle sue ginocchia e allontanandomi: «Non era la risposta che mi aspettavo, senti accompagnami a casa» dissi mentre andavo alla porta indignata. Lian mi comparve davanti sbarrandomi la strada: «È davvero snervante questa tua capacità, spostati». Lui mi prese i polsi e mi attirò più vicina: «Perché fai così?» disse corrugando la fronte. «Perché? PERCHÈ! Io ti dico che ti amo è tu cosa mi rispondi! FINALMENTE, sei un cretino e mi rimangio tutto. Mollami» urlai strattonandolo. «Non volevo dire questo. Kaalisi io ti amo da quando ti ho incontrata, da quando ho posato gli occhi su di te». A quelle parole mi sciolsi e gli permisi di tirarmi a sé per abbracciarmi.

MarieBelle

«Marie, svegliati». Aprii gli occhi e mi ritrovai il volto di Samuel davanti. «È entrato qualcuno in casa, credo sia una strega. Non muoverti di qui, capito?» disse Samuel. «Si, ho capito» dissi mentre mi alzavo mi toccai le spalle, sentendomi appesantita. Mi bloccai sfiorando qualcosa con la punta delle dita. Mi voltai e emisi un urlo. Sentì Samuel salire immediatamente su per le scale di corsa. « Che è successo?» chiese Samuel, io mi fissavo la schiena «Ho...Ho le ALI» dissi fissandole allo specchio a forma intera. Lui si rilassò e si avvicinò fino a che non si posò dietro di me, non avevo mai notato quanto in confronto a me, Samuel apparisse così alto. Mi tocco l'ala destra, rabbrividii immediatamente. «Sono...erogene?» domandai sentendomi calda nei punti dove mi toccava. Lui annui per poi abbassarsi e baciarmi l'ala. «Cosa...come?». «Quando hai guarito la tua amica, hai attinto dai tuoi poteri angelici e le ali sono spuntate». Guardai le ali, erano bellissime, di un color bianco panna e una leggera polvere color argento sopra, ne presi un po' e la osservai «Cos'è?» chiesi mettendo la mano sotto il naso. «È la polvere d'angelo» disse. Si sentì un urlo provenire dal piano terra. «Marie! Aiutooo» gridò una voce familiare. Mi voltai ed andai alla porta, barcollando ero come una bimba che imparava a camminare. «Dove vai Marie?!». Lo ignorai e scesi al piano di sotto, voltai l'angolo e fissai la donna legata sulla sedia «Cassandra» dissi senza fiato. «Marie...TU HAI DELLE ALI» disse in tono squillante senza smettere di fissarle, scosse la testa. «Non importa, c'è un pazzo! Mi ha legata come un salame e poi è sparito. Sbrigati, slegami prima che torni». Mi avvicinai e misi una mano sulla catena - *Dove diavolo aveva trovato quella catena?* - sentì una presenza dietro di me e mi voltai «Non toccarla Marie, è una strega. Stava girando per casa» disse mettendosi a braccia conserte. «Certo stavo cercando Marie o sua sorella, idiota!» urlò Cassandra cercando di liberarsi, mi inginocchiai e cercai di tirare le catene: «Dammi le chiavi Samuel, non è nostra nemica. È Cassandra». Lui guardò sospettoso prima Cassandra e poi me, poi scosse la testa: «No, non la libererò fino a quando non sarò sicuro che non sia un problema» gli lanciai un'occhiataccia. «Non sono un pericolo per nessuno, soprattutto per Marie». «Lasciala andare, Samuel. Adesso!» dissi in tono duro. Si sentì la porta aprirsi, per poi richiudersi subito dopo. «Belle!! Sono tornata...» disse mentre entrava nel soggiorno, seguita subito da Lian che guardava la scena divertito. «CHE DIAVOLO STA SUCCEDENDO QUI ?!»

sbottò frustrata Kaalisi passando lo sguardo tra me, Cassi e Samuel. «Cosa diavolo hai attaccato alla schiena Belle? Possibile che ogni volta che ritorno a casa, mi ritrovo in queste situazioni?!» rimase in silenzio e prese un lungo respiro per calmarsi, Lian fece un passo avanti e la circondò con le braccia da dietro, sussurrandole qualcosa all'orecchio, senza staccare lo sguardo da Samuel. «Bene, qualcuno mi spieghi che cosa cavolo è successo, mentre ero via». Presi a raccontarle cosa fosse successo in quei giorni, lei non mi interruppe mai. Ascoltò in silenzio fino alla fine, quando ebbi finito tutto, rimase in silenzio fino a quando non si voltò verso Lian: «Ho bisogno di bere» poi si sedette sul divano, mentre Lian scomparve, si sentì un rumore di sportelli che si aprivano e si chiudevano. Quando tornò aveva in mano un bicchiere di Gin Tonic, lo porse a mia sorella che se lo scolò tutto in un fiato. «Ok, parleremo dopo delle tue ali, della tua amica legata ad una sedia e del demone. Devo dirti quello che abbiamo scoperto io e Lian sui nostri genitori». Spalancai gli occhi sorpresa, era per questa ragione che non era andata a scuola e faceva sempre tardi? Stava cercando i nostri genitori? Non sapevo cosa pensare, né come sentirmi, da una parte ero felice che avesse trovato una traccia, ma dall'altra mi sentivo tradita. Perché non mi aveva coinvolto? Aveva preferito farsi aiutare da Lian, un ragazzo che aveva incontrato da poche settimane, invece che da me. Ma come potevo darle torto, non parlavamo molto ed era normale che avesse trovato rifugio in qualcun altro che aveva mostrato interesse per lei. Io d'altronde avevo fatto la stessa cosa con Samuel. La lasciai parlare e la interruppi solo per farle delle domande idiote come - *Perché diavolo si fossero incontrati con l'informatore in un club del genere* - o roba del genere. «Aspetta. Mi stai dicendo che i nostri genitori erano coinvolti in questa roba da una vita?!» dissi spalancando la bocca. «Io ne ho sentito parlare» disse Cassandra. Mi ero completamente scordata della sua presenza. «Tu cosa sai al riguardo?» chiese accigliata Kaalisi, Cassandra si schiarì la voce sentendo tutti i nostri occhi puntati addosso a lei. «Una volta una delle mie sorelle era finita braccata da uno di loro, le ci sono voluti mesi per scrollarselo di dosso. Sono come segugi non ti lasciano stare fino a quando non catturano la preda» rispose Cassi. «Se questo è vero. Come ha fatto tua sorella a fargli perdere le tracce?» domandò dubbioso Samuel. Lei inghiottì a vuoto. «Noi ... ecco, l'abbiamo aiutata» rispose vaga, distogliendo lo sguardo. Samuel si avvicinò minaccioso «Non ti conviene mentirmi, ho ucciso per molto meno in passato». Lei alzò il mento fiera: «E a te non conviene minacciarmi se non vuoi che ti trasformi in una formica e ti schiacci». La guardai come se non l'avessi mai vista prima. «Sei veramente una strega?» chiesi sconvolta. Lei abbasso lo sguardo a terra ma annuì. «La mia amica, una strega!?». Cercai di metabolizzare il tutto, e più ci pensavo più un'ombra di sorriso compariva sul mio volto. «Siamo proprio una bella squadra tu e io. Un mezzo angelo e una strega» dissi ridendo strisciando più vicina a lei. Cassi mi guardava con le lacrime agli occhi. Ci guardammo e scoppiammo a ridere tra le lacrime. Sembrava surreale, la mia vita non poteva essere più strana di così. Io e mia sorella due mezzi angeli, il mio ragazzo era un Angelo guerriero, il ragazzo di mia sorella un vampiro e la mia migliore amica una strega. Sembrava una storia fantasy di uno dei libri che di solito leggeva Kaalisi quando non dipingeva. Avvolsi Cassi tra le braccia e la strinsi a me. Si sentì un rumore metallico e le catene che l'avevano tenuta legata, caddero a terra emettendo un rumore sordo sul pavimento. Le braccia di Cassi mi circondarono, ricambiando l'abbraccio. Quando ci separammo la guardai confusa «Sei stata sempre in grado di levartele? Allora perché non l'hai fatto prima» chiesi confusa. Lei mi guardo coi suoi occhi grandi color champagne «Non volevo spaventarti, e non volevo che il tuo ragazzo psicopatico mi uccidesse, senza pensarci due volte. Comunque, le tue ali sono stupende, ragazza. Faremo un figurone alla festa di Halloween di quest'anno» disse ridendo, ma quando incontrò lo sguardo di disapprovazione di Samuel, in risposta lo guardò storto. Sospirai, continuando di questo passo nessuno avrebbe accettato Samuel nella mia vita. «Ok, cosa facciamo adesso?». All'interno della stanza calò il silenzio, poi fu Samuel a romperlo: «Ci sarebbe da controllare ancora il deposito dei vostri genitori». «Quale deposito?» domandò Kaalisi confusa, poi ricordai che i nostri genitori come lascito nel testamento ci avevano lasciato oltre al denaro e la proprietà della casa, il possesso di un deposito. IL DEPOSITO. LA CHIAVE. Mi alzai da terra e corsi in camera mia, inciampando un paio di volte a causa del peso estraneo delle

ali. Aprii la porta della stanza e mi misi a cercare la chiave in mezzo alla pila di vestiti da lavare. Dieci minuti dopo, scesi vittoriosa per le scale con in mano la chiave. «Questa e la chiave del deposito» dissi porgendola a Kaalisi. Lei la prese e la esaminò «Splendido, c'è solo un problema» disse Kaalisi «non abbiamo la più pallida idea di dove sia questo deposito». «Forse io so dov'è» rispose Samuel.
Più tardi ci ritrovammo davanti ad un enorme cancello scorrevole, si era fatta sera e data l'ora le luci erano già spente da un bel pezzo. «Siamo sicuri che sia questo il posto?» chiese Kaali dubbiosa. Lian rise «Te la stai facendo sotto, amore?» chiese con tono dolce. Kaali sbuffò col naso «Certo, me la faccio sotto, che ne dici di andare tu avanti Mr. Principe delle Tenebre». Lo vidi piegarsi dalle risate e prendere Kaali per le braccia, dandole un bacio veloce: «Non devi avere paura» le sussurrò all'orecchio ma abbastanza forte che riuscii a sentirlo. «Si certo. Una volta ho visto un film del genere, e indovina un po'? Muoiono tutti!». Lui sbuffò «Che film era?» chiese mentre nascondeva un sorriso dietro alla mano. «Attacco Zombie, parte 3» disse Kaalisi mettendosi le mani sui fianchi. «Si certo. Come fai ad aver paura degli Zombie, non esistono» disse Lian mentre si guardava in giro. «Ah certo, gli zombie sono inventati. Come le streghe, i demoni, i vampiri. Ah, no. Aspetta tu sei un vampiro» disse in tono sarcastico dandosi un colpetto sulla testa. «Finitela, voi due. Siamo qui per una ragione e il vostro chiacchiericcio attirerà l'attenzione dei guardiani» li sgridai, loro si azzittirono, ma non prima che Kaali mi facesse un gestaccio con la mano. «Molto maturo da parte tua» le dissi, poi mi abbassai cercando un lucchetto o qualcosa dove poter far entrare la chiave. Emisi un verso frustrata: «Non vedo un'accidenti!» dissi mentre mi alzavo da terra. Kaalisi alzò gli occhi al cielo e si fece avanti, li richiuse e subito dopo dalla sua mano uscirono delle fiamme. «Grazie, potevi farlo anche prima che mi sporcassi i miei jeans. Lo sai vero?». Lei mi rivolse un sorriso sarcastico «Si, lo so». Osservai il cancello e vidi una piccola tastiera di fianco a Samuel, mi avvicinai e lui subito si scansò permettendomi di inserire la chiave, la girai e la saracinesca si alzò con un rumore metallico e stridulo quando fu a metà la fermai girando la chiave. «Forza entriamo» li incitai e misi un piede avanti entrando, il luogo era ristretto, buio. Mi sentivo claustro-

fobica «Kaalisi» chiamai, lei assentì e la fiamma sulla sua mano divenne più intensa illuminando la stanza. Questa era ricolma di scatoloni con delle etichette come quelle che si vedevano di solito nei film sui criminali. «Che roba è questa?» domandò avvicinandosi agli scatoloni. «Non ne ho idea, ma per Dio stai attenta con quella mano. Non voglio morire bruciata circondata da un mucchio di roba polverosa». Sollevai il coperchio di una scatola e mi misi a frugarci dentro, erano informazioni sull'Organizzazione della quale parlava Kaali. Gli altri presero il mio esempio ed iniziarono ad aprire scatole e di tanto in tanto qualcuno parlava di ciò che aveva scoperto. A quanto pare l'Organizzazione aveva messo le mani su un progetto detto "Progetto Zero". Si trattava della scoperta di due creature col potere di aprire e distorcere lo spazio e il tempo, continuando a leggere mi sentì sempre più in ansia. «Ragazzi ... credo ... credo di aver trovato qualcosa» sussurrai. Passai il documento e mi trascinai fino al muro, dove le ali che sfregavano contro la parete mi davano una sensazione di venire a contatto con qualcosa di lurido. «Perché ho la sensazione che c'entriamo qualcosa con queste "creature"?» domandò Kaalisi. Fu Lian a risponderle «Perché siete voi due, amore. Guarda la data è il 9 aprile». Kaalisi mi guardò «il 9 aprile? Stai dicendo che siamo nate lo stesso giorno in cui è nato il "Progetto Zero"?» chiese, ma dalla sua voce si percepiva che in realtà sapeva già la risposta. Lei, infatti, sapeva cosa significasse, ma non voleva ammetterlo a se stessa. «Noi ... siamo il "Progetto Zero", vero?» chiese inespressiva Kaalisi. «A quanto pare i nostri genitori, non solo ci hanno mentito per tutta la vita. Ma la nostra vita stessa è una menzogna» dissi. «Noi non siamo mostri, o creature. Noi siamo esseri umani particolari» disse Kaalisi avvicinandosi e scivolando accanto a me «non mi importa cosa pensano loro, l'importante è quello che siamo».

Kaalisi

«Basta non voglio più rimanere qui dentro!» ed uscii alzandomi da terra, e mentre uscivo mi sentì osservata, il sole già stava cominciando a sorgere. Sospirai, un'altra notte del genere e avrei avuto bisogno di una settimana di riposo. «Ma tu guarda chi mi capita sotto mano. Ciao, piccola» sentii una voce suadente alle mie spalle mi voltai e rimasi paralizzata. Era un ragazzo alto, muscoloso e gli occhi azzurro ghiaccio, era appoggiato su un fianco, nascosto tra le ombre che proiettava il muro. «Ci conosciamo?» domandai, aveva un viso familiare come se lo avessi visto da qualche parte. Il ragazzo sorrise: «Mi ferisce che tu non ti ricordi di me, certo neanch'io a quei tempi non sapevo chi fossi, ora è tutto chiaro» disse come se parlasse più a sé stesso che a me. «Continuo a non capire» quel tizio mi dava delle strane sensazioni, mi attraeva, ma il mio istinto mi diceva di fuggire. «E sentiamo? dove ci saremmo incontrati io e lei?» chiesi mentre indietreggiavo lentamente, - *perché gli altri non arrivavano?* - il ragazzo sorrise mostrando i denti bianchi e regolari. «Ci siamo incontrati quando tu eri molto piccola, mia dolce Kaalisi. Se non sbaglio avevi nove anni e stavi sognando l'inferno». Mi si ghiacciò il sangue, ricordavo come se fosse ieri quel sogno. Ricordo che all'inizio fu come cadere, non sentivo le mie urla, perché il vento me le portava via, passò un'eternità, quando toccai terra fu quasi una benedizione, ricordavo delle fiamme, che non mi bruciavano anzi al mio passaggio si separavano e mi sfioravano come una carezza, e poi ricordo Lui. Un uomo incatenato ad una roccia, vaneggiava sull'uccidere qualcuno. Ma la cosa che mi spaventò di più fu il fatto che quell'uomo, per quanto umano potesse sembrare, era morto. Non aveva niente all'interno e ricordo che quando l'uomo voltò la testa mi sorrise mi disse quattro semplici parole. «Ciao. Kaalisi. Ti stavo aspettando». Guardai l'uomo che era ormai a qualche passo da me, non mi ero accorta che si era avvicinato. «Bambina, finalmente. È passato tanto tempo non trovi? Sai qualche volta ho atteso che tu venissi di nuovo, ma non l'hai mai fatto. E allora mi sono domandato spesso la ragione del perché fossi lì, ma soprattutto come una creatura come te ci fosse arrivata». Cercai di indietreggiare, ma il mio corpo non si muoveva come fosse ancorato. «Poi ho capito, tu sei un tramite. Riesci a passare tra il mondo dei vivi e quello dei morti. Il tuo potere è basato sulla morte stessa, vero? Per questo tu sei attratta da loro e loro da te» mi si avvicinò fino a che non fu così vicino da costringermi ad alzare a testa per guardarlo in volto. «No... non so di cosa tu stia parlando. Io non ti conosco» balbettai. Il sole sempre più alto, a contatto con la luce la sua immagine tremolò diventando intangibile, per poi ritornare corporea svariate volte. «Dannazione, non ti preoccupare. Ah, mi sono dimenticato di dirti che ho in mano la vita dei tuoi genitori, quindi se vuoi PROVARE a salvarli dovrai incontrarmi da sola e pronunciare il mio nome per sei volte...Mm anzi porta anche tua sorella così mi risparmierai la fatica di cercarla» e scomparve dissolvendosi nell'aria. Ero ancora lì, non ero riuscita a muovermi. Quando mi trovarono ero in stato catatonico. «Kaalisi, dove sei stata? Ehi Kaalisi» mi domandò Belle sventolandomi una mano sul viso. Alzai gli occhi e incontrai i suoi. «Siamo spacciate» mormorai. Quando ritornammo a casa non parlammo molto, Belle era intenta a fare avanti e indietro dopo quello che le avevo raccontato, Samuel era andato a chiedere ai suoi superiori chi fosse quell'uomo, ma avevo già letto nei sui occhi che sapeva benissimo chi potesse avere il potere di entrare così e piegare la realtà modificando il tempo stesso e soprattutto quando nominai l'uomo che era incatenato su una roccia. Nel frattempo Lian era intento a farmi un Gin Tonic per calmarmi e intanto girava per la cucina, sbattendo adirato i mobili. «Perché diavolo non siamo riusciti a sentirti, a sentirti?» disse sbattendo il pugno sull'isola della cucina. Mi alzai e lo abbracciai per calmarlo, era più scosso di me e io non sapevo che fare. Si sentiva inutile e in colpa perché non era lì a difendermi. Samuel scelse quel momento per arrivare, il volto serio e cupo. «Hai saputo qualcosa? Chi era l'uomo?» chiese subito Belle avvicinandosi a lui. «Si, ho scoperto chi è l'uomo. Si tratta del primo angelo caduto, Lucifero». «Non è possibile. Credevo che Lucifero fosse morto, il vostro Dio non l'aveva bandito dai cieli, incatenandolo al ... oh» dissi. «Come ha fatto a scappare? Nessuno può spezzare le catene e nessuno può uscire dagli inferi» disse Lian con un'espressione di puro disprezzo dipinta in volto. «Infatti non è fuggito, ma ha trovato la maniera di proiettare se stesso all'infuori degli Inferi».

Presi il mio bicchiere di gin e lo scolai, guardai la bottiglia e la afferrai bevendone grosse sorsate. Quando mi attaccai la bottiglia era per metà vuota. «Ok, che facciamo adesso?» chiesi a Samuel «non possiamo di certo permettere che la personificazione del male vaghi libera per il mondo». «No, ho un piano». Era appena calata la notte ed io e mia sorella attendavamo che gli ultimi raggi del sole svanissero, così quando il sole fu tramontato del tutto guardai mia sorella per darmi la forza: «Andrà tutto bene» annuii e presi fiato :«Lucifero, so che mi stai ascoltando, non ti darò la soddisfazione di ripetere il tuo nome, come fanno quei pazzi fanatici». Sentii il vento cambiare e una risata provenire dal centro della radura: «Ah mia piccola Kaalisi. Non sei cambiata col tempo, ma guarda chi c'è qui. Salve MarieBelle è bello incontrarti. Uh, ma guarda che splendida ali che hai, sai una volta anch'io ne possedevo un paio così. Erano bellissime, nere come la notte e forti. Ma poi mio Padre decise di strapparmele via, perché avevo osato giocare con i suoi giocattoli preferiti» disse indurendo il tono. Poi si fece di nuovo allegro: «Sapete sono quasi stupito che siate venute, ma in fin dei conti siete cresciute come degli umani. Così deboli, facili da manipolare». Sbuffai: «Grazie oggi nessuno mi aveva dato della debole, meglio essere debole che essere incatenati sotto terra. Non credi?» dissi guardandolo negli occhi, e lui per tutta risposta mi incenerì con lo sguardo. «Sai mia piccola Kaalisi, non è saggio dire queste cose. Soprattutto perché io posso far cessare di far scorrere la vita dentro i corpi dei vostri genitori» disse sfoderando un sorriso. «Parli, parli. Ma chi mi dice che hai veramente tu i nostri genitori» disse Belle. Lucifero volto la testa e sorrise «Ma certo, certo. Guardate pure con i vostri occhi, forse sarà l'ultima volta in fin dei conti» schioccò le dita e comparvero due figure dall'aspetto demoniaco una teneva saldamente nostra madre, l'altra nostro padre. «Visto non vi ho mentito» sogghignò Lucifero. «Cosa vuoi in cambio delle loro vite Lucifero» chiesi andando subito al punto. Lui rise «Sei così diretta mi piace questo, va bene. Voglio che voi due apriate un portale sugli inferi» disse come se fosse un evento quotidiano spalancare le porte dell'Inferno. «Se lo facciamo, chi ci dà la parola che lascerai in vita i nostri genitori?» intervenne Belle guardandoli disperata. «Vi do la mia parola che non farò del male ai vostri genitori, ed io non posso mentire come ben sapete». Guardai Belle, lei annuì. «Ok, apriremo le porte dell'Inferno ma tu lascerai andare i nostri genitori». Lui approvò solennemente «Vi dò la mia parola d'onore» disse portandosi una mano al cuore. «TU NON HAI ONORE LUCIFERO!» gli urlai con tutto il fiato che mi era rimasto in corpo. Replicò alzando le mani in segno di resa e proseguì «Come vuoi! Che ne dici allora di un patto di sangue? È più vincolante rispetto alla sola parola data» sapevo che non c'era da fidarsi Lucifero era il diavolo, e il diavolo mente sempre. Ma cosa potevamo fare? Feci cenno di si mentre lui afferrava il coltello di uno dei demoni e si tagliava il palmo, facendo sgorgare delle gocce cremisi sul palmo. «Io, Lucifero, giuro sul mio onore di non fare del male ai vostri genitori. Vi basta? Allora su, forza! Ho aspettato per migliaia di anni questo momento, e non ho intenzione di aspettare ancora». Io e Belle ci preparammo, mettendoci ai due poli opposti della radura. Gli diedi un segnale ed entrambe raccogliemmo tutto il nostro potere, per convergerlo in un punto «Belle!» urlai «Sei pronta? Al tre. Un, due e treeeeeee» rilasciai tutto il mio potere in una scarica di fuoco, mentre dall'altra parte Belle rilasciava la sua. Le energie si scontrarono creando un intreccio perfetto per poi esplodere producendo un pilastro di luce, così intensa da costringerci a voltarci. I demoni che tenevano i nostri genitori urlarono e si incenerirono, a causa della vicinanza, mentre i nostri genitori cadevano svenuti atterrando sul terreno «Mamma! Papà!» urlammo all'unisono io e Belle iniziando a correre per soccorrerli, ma una forza invisibile ci ricacciò indietro facendoci cadere a terra così violentemente da farmi uscire tutta l'aria dai polmoni. «Voi non vi muoverete, finché io non sarò libero» disse Lucifero avvicinandosi. «Abbiamo fatto ciò che volevi ora lasciaci andare» urlai disperata. «No prima ho bisogno di qualcos'altro, prima» disse in tono tosto avvicinandosi a Belle. Lei cercò di allontanarsi, ma Lucifero la prese per i capelli immobilizzandola. «Ho bisogno della linfa vitale di un angelo della vita per spezzare le mie catene» dicendo questo estrasse il pugnale di poco prima e pugnalo Belle al cuore. «Nooooo!» urlai con tutto il mio respiro. Cercai di alzarmi barcollando e mi mossi per raggiungerla, finché il cielo non si tinse di migliaia di colori e gli angeli non caddero in picchiata circondando Lucifero. «Ma guarda hai chiamato tu tutti questi bei Bastardi alati Kaalisi? Non speravo niente di meglio da te» e si alzò da terra estraendo il coltello dal corpo di Belle. «Peccato che io sapessi che avresti chiamato qualcuno così mi sono preparato anch'io all'evenienza» schioccò le dita e dal nulla comparvero centinai di demoni con le armi sguainate pronte al suo segnale «Beh che posso dire se non... Scatenate l'inferno». Tutto divenne assordante, i rumori della battaglia coprivano anche il rumore dei miei pensieri. Mi alzai e mi feci largo tra i demoni affondando la mia spada e facendoli diventare cenere, non mi fermai finché attorno a me non si creò un cerchio vuoto, ero completamente ricoperta dalla cenere dei miei nemici, ma ormai riuscivo a vedere il corpo di mia sorella circondata da soldati e demoni che la soffocavano. La furia mi accecò, facendomi calare davanti agli occhi un drappo rosso. E urlai. Urlai così forte da sprigionare un'onda d'urto, come una bomba nucleare, facendo uscire tutte le mie emozioni e trasformandole in energia. Quando aprii gli occhi attorno a me c'erano solo gli angeli che mi guardavano sconvolti. Quando intravidi Samuel lo guardai a lungo «Prenditi cura di mia sorella, io torno subito». Andai diretta senza guardarmi indietro con la consapevolezza che non sarei più ritornata, quando fui davanti al varco mi voltai e incontrai gli occhi di Lian. La mia espressione si addolcì, gli mimai due semplici parole. Poi saltai dentro. Fu come cadere nella tana del Bianconiglio, mi sentivo persa e smarrita mentre cadevo. Giù sempre più a fondo, una caduta interminabile. Il tempo sembrava infinito poi finalmente raggiunsi il fondo. Era come lo ricordavo. Buia, per quanta luce potessero emettere le fiamme è fredda. Stranamente sapevo dove andare, le fiamme stesse mi guidavano, fino al mio obiettivo. «Lucifero» chiamai. Non era più legato alla roccia ormai era completamente libero, ed era avvolto da un'aura di malvagità. «Ah mia piccola Kaalisi, fammi indovinare. Sei venuta per rinchiudermi? No, troppo banale da parte tua. Aspetta ci sono sei venuta qui per uccidermi, vero?» disse Lucifero scoppiando a ridere creando contemporaneamente una spada fatta di tenebre. «E dimmi, mia cara. Come farai? Non sei una vera guerriera, non sai padroneggiare i tuoi poteri?» chiese mentre si avvicinava. «Credimi, se ti ucciderò sarà per pura fortuna o per volere del destino ma in entrambi i casi provare non costa niente» dissi e mi buttai correndo con la spada sguainata. Cominciammo una lotta di parate e colpi diretti, affondi e stoccate. Ci girammo incontro affondando in diversi punti fino a che non ebbi una strategia, seppur pericolosa col quale di sicuro avrei posto fine alla mia vita. Feci rotolare la spada nella mia mano, attirando lo sguardo del mio avversario, misi un piede vicino al suo, andai dritta davanti alla spada che stringeva in mano Lucifero, lui indietreggio sorpreso e cadde a terra, gli diedi un calcio alla mascella, facendogli scattare la testa all'insù per poi gettarmi addosso a lui bloccandolo sotto di me, alzai la spada e gliela puntai al cuore, l'abbassai per poi bloccarmi per l'improvviso bruciore al petto, abbassai lo sguardo e vidi il pugnale piantato in profondità nella mia carne. Lui sorrise col labbro spaccato e il volto livido in diversi punti. «A quanto pare, questa sarà l'ultima volta che ti rivedrò viva, mia piccola Kaalisi» disse a fatica mentre rigirava il coltello con la mano libera. Gli feci un sorriso tirato «Già, ma mi rincuora il fatto che tu non potrai far del male più a nessun altro» lui mi guardò confuso, e il suo sguardo si trasformò in una maschera di paura «No, no...» disse cercando di spostarmi. Il mio sorriso si aprì «Libero dal sangue dell'Angelo della Vita e incatenato dall'Angelo della Morte. Io sono la chiave, sono il varco che separa il mondo dei morti da quello dei vivi. Incateno la tua essenza nel regno dei morti, nulla potrà spezzare le tue catene. Sarai intrappolato negli inferi per sempre perché la tua vita e ciò che ne resta sarà il respiro stesso della tua prigione. Così ho detto e così sarà, per l'eternità». Quando finii anche l'ultima parola di quella litania, le catene dorate strisciarono fuori dal terreno intrecciandosi al corpo dell'Angelo Decaduto. Mi alzai in piedi barcollante, sentendo solo le urla di Lucifero come sottofondo, quando vidi una spirale di luce, gli appoggiai la mano e mi sentì risucchiata. Poi tutto divenne buio. Quando riaprì gli occhi fui investita dalla luce del sole, e un chiacchiericcio che mi stava facendo diventare matta. «Se non si sveglia in zero virgola un secondo, prenderò a calci il tuo culo piumato da qui fino alle porte del Paradiso, hai capito!» spalancai gli occhi riconoscendo la voce squillante di Belle. «Belle...» cercai di chiamarla con voce rauca e pastosa dal sonno. «È sveglia? È sveglia!» disse mia sorella saltandomi al collo fino a stritolarmi «Non...respiro Belle». Lei urlò e fece un salto all'indietro «Mi dispiace scusa, scusa. Ero così preoccupata, stavi per morire e ... io non potevo fare niente. Il tuo cuore si è fermato per sei minuti. Mi sono sentita morire» disse mia sorella tutto d'un fiato. Cercai di trovare una posizione più comoda, ma non ci riuscivo c'era qualcosa che mi puntava alla schiena come dei bozzi sul materasso. «Chiunque abbia fatto questo letto dovrebbe vergognarsi, ci sono dei bozzi ovunque» dissi alzandomi lentamente e vidi mia sorella nascondersi dietro la mano un sorriso. «Cosa?» chiesi confusa. Lei sorrise e mi indicò un punto alle mie spalle, mi voltai stranita e spalancai la bocca: «Porca Vacca! Ho delle ali». Erano di un color blu notte con le punte che sfumavano in un azzurro pallido. «Già congratulazioni sorellina. Adesso anche tu fai parte del Club » disse ridendo mentre mi passava un dito sopra una delle piume. Mi ripresi e tornai a guardarla: «Come hai fatto a guarire? Lucifero ti ha affondato il pugnale nel petto» dissi in un sussurro, guardando la macchia cremisi sulla camicia. Lei sorrise «È stato Lian, mi ha dato il suo sangue e sono guarita» disse in tono dolce, guardai alle sue spalle, ma non c'era traccia di Lian. «Dov'è?». Belle mi sorrise e mi accarezzò i capelli che erano attaccati dal sudore sulla mia fronte. «È sceso giù per aiutare altri angeli. Il tuo ragazzo è appena diventato un medikit, perfetto!». Sorrisi e mi guardai attorno, ero circondata da una decina di angeli che mi guardavano come se fossi la reincarnazione del loro giocatore preferito. Poi seduti sul mio letto c'erano Belle e... nostra madre. «Mamma?». I suoi occhi rossi brillarono pieni di lacrime: «Oh tesoro, mi dispiace. Mi dispiace tanto e tutta colpa nostra» disse singhiozzando. «Che stai dicendo? Mamma abbiamo trovato i file. Sapevamo già di non essere vostre figlie, ma usarci come cavie da laboratorio. Come avete potuto?!» domandai mentre il risentimento che si era accumulato per settimane usciva fuori. «Oh tesoro, all'inizio era così. Noi facevamo parte dell'Organizzazione ci avevano affidato voi due per studiarvi, ma poi io e vostro padre ci siamo affezionati e siamo scappati portandovi con noi». Non sapevo cosa dire, mi guardai attorno cercando nostro padre: «Dov'è papà?» chiesi. Belle guardò la mamma ed abbassò lo sguardo. Dei demoni lo hanno preso.